Tatiana M. Alonzo

El diario de Andrea

El diario de Andrea
Primera edición: noviembre, 2,023

D.R. © 2023, Tatiana M. Alonzo

Ilustración en cubierta: Tatiana M. Alonzo
La maquetación ha sido diseñada usando imágenes de
brusheezy.com

ISBN: 9798871658536
Independently published

Josué 1:9

Querido diario:

Mamá me vio pensativa y me obsequió este diario. Dijo «Estas en una edad en la que sientes que nadie te entiende y las hojas en blanco son pacientes».

Sin duda una de las mejores frases que he escuchado decir a mamá.

Andrea X

P. D.
La «X» significa beso.

Querido diario,

¿Qué te puedo escribir sobre mí?
Déjame pensar...

Mi nombre es Andrea Evelyn Evich.
«Evich» porque mi abuelo (QEPD) era ucraniano, o de algún país de la Unión soviética (?, de momento no recuerdo cuál.

Papá es contador y mamá trabaja con la abuela en una empresa organizadora de eventos. Ahí también trabaja tía Su, hermana de mamá (es una empresa familiar), y las tres, pues... organizan eventos, en especial bodas. Sobre todo, bodas 🖤. Mamá viaja mucho por eso, pero quedarme en casa con papá está bien, también se queda mi hermano y nos divertimos.

Ah, porque tengo un hermano de nombre Enzo (A veces le digo «menso» jajajaja). Es año y medio más grande que yo y es mi único hermano. No he decidido si eso es bueno o malo, ¿qué se sentirá ser hijo único?
... Creo que extrañaría al «menso».

¿Qué más?
Tenía un hámster de nombre «Chifus», pero escapó hace meses. Lo alimentaba bien y le tenía una jaula grande, cómoda y funcional. No comprendo por qué se fue.
No superaré eso...

Por último, tengo novio (: Se llama Sebastián y es divertido salir con él. De cariño me llama «Didi» 🖤

Tengo amigas, muchas amigas y amigos.

Andrea X

Querido diario,

Sigo...

Nací el 8 de noviembre. Soy escorpio.

Me gusta mi cumpleaños. En el último comimos pizza de cuatro quesos.

Andrea X

Yummi...

Querido diario,

No sé qué más escribir aquí jajajajajajaj

No sé por qué mamá dice que estoy pensativa.

Andrea

Querido diario...

Trataré de hablarte un poco más de mí... Soy buena en... veamos, soy buena bailando. ¿Ese talento cuenta? Mi amiga Mindy dice que no porque todo el mundo baila.

Mindy es una envidiosa (?

También puedo imitar las voces del pato Donald, el pato Lucas, Bugs Bunny y Miss Peggy.

...Ya dos talentos: bailar e imitar.

¿Qué más...?

Soy buena haciendo amigos y amigas. En la preparatoria todos me conocen.

Y Sebastián dice que soy buena novia. Soy divertida, detallista y dinámica. ¡Me llama «las tres D»! Es gracioso porque te conté que también me dice «Didi». Soy Didi la de las tres D; Divertida, detallista y dinámica (Creo que incluyó «dinámica» porque no se le ocurrió ninguna otra palabra con D jajajaja

Andrea X

Querido diario,

(...)
Because love's such an old fashioned word
And love dares you to care for
The people on the edge of the night
And love dares you to change
Our way of caring about ourselves
This is our last dance
This is our last dance
This is ourselves
Under pressure...

Queen - Under pressure

Querido diario,

Hola, un mes después... Jajajaja

Querido diario,

Clase de geografía:

¿QUÉ PASÓ CON LA VIEJA ZELANDA?

Nueva Zelanda... Vieja Zelanda jajajajaa

ANDREA XX

Querido diario,

Mi cereal favorito es Zucaritas y el de mi hermano ERA Froot loops, y digo ERA porque ahora resulta que también prefiere Zucaritas y SE COME EL MÍO...

Problemas entre hermanos.

Andrea X

Querido diario,

SI UN GENIO TE CONCEDE TRES DESEOS,
PERO DICE QUE NO PUEDES DESEAR MÁS
DESEOS, ¿PUEDES DESEAR MÁS GENIOS?

Andrea ;) X

Querido diario,

Hoy me puse a pensar en si las amigas son para toda la vida. Mamá dice que sí, ella conserva amigas de la secundaria, pero yo no siento que pueda contarle todo a mis amigas. No lo más importante. Siento que se reirán de mí.

¿Soy mala haciendo amigas?

¿Los amigos se ríen de ti o contigo?

Siento que Anya (chica de otro salón con la que a veces platico por coincidir en Computación) me conoce mejor que mis amigas. El otro día hablamos de organizar eventos y ninguna de mis amigas sabe del trabajo de mamá. Tal vez debería hablarles de mi familia e invitarlas a venir a casa. Han venido a buscarme, pero no se quedan, y no porque no quieran (no han dicho eso), solo no se ha presentado la oportunidad.

¿Tengo amigas de años atrás? No realmente. Ya no. Nos mudamos a esta ciudad hace dos años y perdí contacto con las amigas que hice en mi antiguo vecindario y las que conozco desde la primaria.

Eso es triste.

Le preguntaré a Mindy si quiere venir a mi casa.

A veces pareciera que mi grupo de amigas es solo para salir por ahí y hablar de chicos, pero con Anya una vez comenté «Me gusta el sundae de McDonald's» y ayer, que la vi a la hora de la salida, se volvió unos segundos para gritar «¡Ayer comí sundae y me acordé de ti!». Las dos reímos.

Me gustaría que Anya esté en mi salón y ser más cercanas.

Tal vez hay gente con la que conectas más fácil.

Andrea

Querido diario,

Querido diario,

A mamá le gusta ver ER (serie sobre médicos). Le pregunté por qué, si le gusta ver casos médicos, no estudió medicina o enfermería y me cuestionó por qué, si tanto me gusta ver CSI o La ley y el orden, no elijo estudiar Derecho o Criminología en la universidad.
Touché.

Mejor solo acompañarnos las dos delante del televisor sin juzgar.

Andrea X

Querido diario,

A veces extraño los días cuya única preocupación
era ganarle a mi hermano en los videojuegos.

Andrea.

Querido diario,

Hace tiempo mamá dijo que las hojas en blanco son pacientes y tiene razón.

Sí, estoy «pensativa». Esa palabra utilizó para describirme.

Quiero terminar con Sebastián. ¿Eso está bien? Ya no es lo mismo. Cada que lo hacemos (Mamá si lees esto me refiero a «rezar») quiere grabarnos o tomar fotos y también me ha preguntado si me animaría a incluir a otra chica.

Pensé que sería divertido tener un novio mayor que yo, PERO... ¿NO?
O no sé si por ser hombre tenga más urgencia en experimentar. Me hace sentir una idiota por no ir a su «ritmo» (palabras de él).

¿Por qué necesita de otra chica?

Andrea

P. D. Siempre le pido borrar las fotos y vídeos

`

Querido diario,

Es decir...

Si lo haces con alguien es porque lo amas, o, cuando menos yo, lo hago con él porque lo amo... o lo amaba. La verdad ya no sé.

Últimamente me pregunto MUCHO qué es «Amar».

Odio que ya no hagamos otra cosa que no sea «eso» (REZAR, mamá).

¿No le importa cómo estuvo mi día?

Antes me lo preguntaba...

Antes de tener SEXO.

No es que no me guste, me gusta; es solo que, extraño hacer algo más.

Andrea.

Querido diario,

Hablé con Sebastián y le expliqué cómo me siento. Dijo que lo lamenta y que haremos más cosas 🖤 🖤 🖤. Le propuse varias:

-Ir al cine.

-Ir por un café o Smoothie (? Y hablar.

-Cocinar algo juntos (en su cocina o la mía).

-Que me enseñe a conducir (nadie me quiere enseñar).

-Jugar videojuegos.

-Caminar por ahí.

... ¿Qué más hacen las parejas?

-Sentarse en una banca a hablar.

-Ir a McDonald's, IHOP, KFC, Taco bell...

-Le puedo enseñar a bailar (?

Andrea X

Querido diario,

Como mamá no está en casa y Enzo salió con sus amigos, papá me pidió (a mí y solo a mí) acompañarlo a comprar repuestos para su camioneta. Sin embargo, no conforme, al volver a casa, me quedé en la cochera con él sujetando la linterna para ayudarlo a revisar todo.

Me platicó que su sueño no era ser contador, sino mecánico. Le dije que tenía sentido, ya que sus amigos siempre le piden ayuda con sus coches. Él tiene el talento.

No pudo ser mecánico porque el abuelo no se lo permitió ☹

Me gusta ver lo feliz que pone a papá reparar su coche... a pesar de que no acepta enseñarme a conducir jajaja

Andrea X

Querido diario,

¿Qué mejor plan que un maratón de Friends? Rachel, Monica, Phoebe, Ross, Chandler y Joey 🖤

Andrea X

Querido diario,

Sebastián COQUETEÓ con una de mis amigas, ¡¿QUÉ DEMONIOS?!

Fue en plan de «juego», según él, pero estuvo claro que quería darme celos.

¿Con qué intención? ¿POR QUÉ?

Me hizo sentir una idiota frente a mis amigas.
Lo dejé traerme a la casa para no discutir frente a otros y quedar aún más en ridículo, pero me bajé de su coche dando un portazo. Solo gritó «¡Mi maldita puerta, Andrea!».

Quiere a ese coche más que a mí (NO ES PREGUNTA).

Andrea.

Querido diario, (entrada el mismo día)

Y... eso es suficiente.

O sea, ni siquiera me importa ya (lo juro), pero me dio un buen pretexto para terminarlo.

En serio necesito un pretexto para terminarlo????

Usaré una mejor palabra: Me dio un MOTIVO para terminarlo.

Andrea.

Querido diario,

No lo tomó bien.

Ahora no deja de venir a mi casa y se enfada cuando mamá me niega.

Andrea.

Querido diario,

A mamá no le gusta que Sebastián no deje de venir a pedirme que regresemos. Dice que ya no es «adorable» y papá, aún peor, quiere echarlo. Le dije que por mí no había problema, pero que me dejen advertírselo al menos una vez. Que no parezca que no quiero hacer las cosas bien (por los viejos tiempos).

¿Aún quiero a Sebastián? No lo sé. En algún momento pensé que no podría vivir sin él, que si tenía «suerte» nos casaríamos y haríamos cosas locas como viajar juntos por el mundo, en especial a China o Disney World, pero ahora parece una estupidez.

Años atrás también me enamoré de un vecino, estaba pendiente de lo que hacía e intentaba topármelo en el instituto, pero el tiempo también pasó y dejó de importarme.

¿Era amor o atracción?

Mindy dice que si no quería <u>tanto</u> a Sebastián no debí acostarme con él, pero, antes lo quería; solo a él, a nadie más. También asegura que, a diferencia de mí, ella sí se casará (algún día) con su novio y que su ventaja es que ellos sí tienen la misma edad.

No conozco lo suficiente al novio de Mindy, de lo poco que he convivido con él solo me intriga su olor a barbacoa, ¿en su casa almuerzan todos los días barbacoa o vive junto a un Burger King?

Andrea X

Querido diario,

3: 00 A. M.

No puedo dormir, pero a veces, bastante seguido, solo duermo. Es una dualidad extraña.

Andrea.

Querido diario,

No puede ser buena señal que tu EX te dedique Every breath you take.

Viniendo de Sebastián, parece una amenaza.

Ya no me gusta esa canción.

Solo quiero que me deje en paz.

PAZ.

Andrea.

Querido diario,

Querido diario,

Esto es un «Venejo», una mezcla de venado y conejo XD

Andrea X

Diario,

Hoy pasó algo HORRIBLE. Ni siquiera puedo escribir...

Cuando llegué a la preparatoria vi a extraños, amig@s y conocidos mirándome de forma rara. En sus ojos había asco, horror, indignación, tristeza, vergüenza... MUCHAS COSAS.

Maldita sea, no puedo parar de llorar.

A mi paso murmuraban, reían y me señalaban como quien ve un espectáculo de circo. Al principio fue extraño. NO SÉ DE QUÉ OTRA FORMA DESCRIBIRLO!!! Busqué a Mindy para que me explicara y se echó a reír.

«Qué pasa???!!», me pregunté con urgencia.

Y aunque me acompañó un rato, ella y el resto de mis amigas terminaron por esconderse de mí.

¿Sabes lo mucho que duele que tus amig@s te eviten?

Eché un vistazo a mi cara, a mi ropa y todo estaba bien. Todo estaba «bien», según yo. No me veía rara. Y todo, en general, iba relativamente «bien» hasta que alguien se atrevió a llamarme PUTA a la cara.

PUTA

Le pedí respetarme y respondió, a manera de burla, «¿Tú pidiendo respeto?» Y así comenzó mi calvario. Alguien a su lado cantó Like a virgen de Madonna y muchos lo siguieron.

Seguí sin entender hasta que otra de mis «amigas» me pidió acercarme a un ordenador portátil que apoyó sobre su regazo y me mostró el vídeo. Uno de los vídeos que Sebastián grabó de mí bailándole. En el vídeo estaba DESNUDA. Me volví hacia todos con horror y las risas aumentaron.

«¡Lindo baile, Andrea!»

«¡VEN Y BÁILAME!»

«¡Eres una zorra, siempre lo has sido!»

Llegó al punto en el que necesité encerrarme en uno de los cubículos del baño de chicas. Ahí intenté llamar a Sebastián, pero no contestó. Solo él pudo difundir ese vídeo. SOLO ÉL.

Y empeoró. Chicas dijeron en voz alta que recuerdan cuando intenté seducir a sus parejas.

Mis «amigas» me dieron la espalda e insultan a la persona que intente hablarme...

Estuve nerviosa durante las clases, constantemente quiero vomitar, ni siquiera puedo permanecer sentada.

NO SOY YO.

Salí corriendo.

HUÍ!!!!

Cierro mis ojos y pienso que es una pesadilla, pero NO.

NNNo despierto.
NO DESPIERTO
NO DERPIERTO
NO DESPIERTO!!!
NO DESPIERTO!!!!!!!!!!!
¿POR QUÉ NO DESPIERTO!¡¡¡??????
QUIERO MORIR!!!!!!

Diario (mismo día),

Yo le pedí borrar esos vídeos. Yo se lo pedí!!!

Diario (mismo día),

Mi vida cambió en cuestión de horas. Ayer tenía amigas, chicos queriendo salir conmigo... Hoy soy una ZORRA. Hoy soy alguien que da asco y vergüenza.

«Siempre supe que Andrea es así»

¿Así CÓMO?

«¿Con cuántos creen que se acostó ya?»

«Hasta se viste como prostituta»

«Yo supe que se acostó con Kelvin»

¿QUIÉN ES KELVIN?

«Yo supe que baila por dinero»

«Mírala cómo camina. Toda ella dice: Soy una puta»

Todos se sienten con derecho a decirme lo que quieran. LO QUE QUIERAN...

Querido diario,

Hasta hace un par de días tenía amigos, muchos amig@s... ¿Recuerdas que intentaba acercarme más a ellos? Mindy y yo íbamos a ir el sábado al cine. Ya no. Ahora le doy ASCO porque su novio vio mi vídeo y dijo que me quiere «enseñar a hacerlo mejor». Ella cree que eso es un piropo.

Y, aunque lo dijo él, se enfadó CONMIGO.

Me siento desnuda, más desnuda de lo que estaba al grabar ese vídeo... y también quiero morir.

Querido diario,

Mi hermano no quiere hablarme. Sus amigos se burlaron de él por el vídeo. Golpeó a varios al oírlos faltarme al respeto, pero después, muy enfadado, TAMBIÉN me llamó prostituta.

Mi hermano me llamó **prostituta.**

Querido diario,

El director finalmente llamó a papá y a mamá para hablar.

LO VAN A SABER.

Quiero morir... En serio quiero morir.

Querido diario,

NO PUEDO DORMIR.

La zorra de Andrea.
LA ZORRA DE ANDREA
LA ZORRA DE ANDREA
LA ZORRA DE ANDREA
LA ZORRA DE ANDREA
LA ZORRA DE ANDREA
LA ZORRA DE ANDREA
LA ZORRA DE ANDREA
LA ZORRA DE ANDREA
LA ZORRA DE ANDREA
LA ZORRA DE ANDREA
LA ZORRA DE ANDREA
LA ZORRA DE ANDREA

QUIERO MORIR
QUIERO MORIR
QUIERO MORIR
QUIERO MORIR
QUIERO MORIR
QUIERO MORIR
QUIERO MORIR
QUIERO MORIR
QUIERO MORIR
QUIERO MORIR
QUIERO MORIR
QUIERO MORIR

QUIERO MORIR
QUIERO MORIR
QUIERO MORIR
QUIERO MORIR
QUIERO MORIR
QUIERO MORIR
QUIERO MORIR
QUIERO MORIR
QUIERO MORIR
QUIERO MORIR
QUIERO MORIR
QUIERO MORIR
QUIERO MORIR
QUIERO MORIR
QUIERO MORIR
QUIERO MORIR
QUIERO MORIR
QUIERO MORIR
QUIERO MORIR

QUIERO MORIR
QUIERO MORIR
QUIERO MORIR
QUIERO MORIR
QUIERO MORIR
QUIERO MORIR
QUIERO MORIR
QUIERO MORIR
QUIERO MORIR
QUIERO MORIR
QUIERO MORIR
QUIERO MORIR

Querido diario,

Hola una semana después...

Desde el infierno...

El director no citó a mis padres en la preparatoria. Por ser amigo de papá y para no contribuir con las especulaciones (chisme), vino a nuestra casa el sábado después de la comida.

Lloré y temblé del miedo en mi habitación. Tampoco podía parar de huir al baño a vomitar. No obstante, y muy a pesar de que me siento ENFERMA, no salió nada. Desde la publicación del vídeo no como bien, inclusive todos notan que estoy más delgada y me veo enferma. Mamá estaba preocupada y no entendía qué pasaba... hasta el sábado.

MAMÁ, ESTOY ENFERMA DEL ALMA... DE MI INTERIOR!!!

Al terminar la reunión y marcharse el director, escuché a mis padres discutir y mamá subió a mi habitación. Entró llorando, se sentó a mi lado y demoró en decir algo. Las dos solo llorábamos.

Después recalcó lo mal que hice todo (reproches) y le permití DESAHOGARSE a pesar de que necesitaba gritarle a ella y a todos: «Nadie mejor que yo entiende eso».

PORQUE NADIE MEJOR QUE YO TIENE CLARO QUE NO DEBÍ CONFIAR EN SEBASTIÁN.

Papá, en cambio, se encerró en la oficina que tiene en casa y apenas lo he visto en la semana. No me voltea a ver ni me habla.

Sé que está decepcionado de mí.

DECEPCIONADO DE MÍ...

Andrea

ESTOY EN EL INFIERNO...

ESTOY EN EL INFIERNO...

MAMÁ, PAPÁ, ESTOY EN EL INFIERNO...

Diario,

Hoy, cuando papá llegó a casa, y a pesar de los ruegos de mamá, me abofeteó.
Por fin reaccionó y me abofeteó.

Más que mi mejilla ardiendo, me dolieron sus ojos repletos de lágrimas.

LO SIENTO, PAPÁ.

No me quiso oír. Me dio la espalda cuando lo dije.
Sacó de un bolsillo de su saco sus lentes Ray-Ban y me los arrojó a la cara. Dijo que todos hablan de mí, que me insultan y no quiere que salga de casa sin llevar puestos esos lentes.

No quiere que me reconozcan.

Le doy vergüenza.

De modo que, luego de una semana de silencio, por fin «me habló»... ME GRITÓ:

«¡EN QUÉ ESTABAS PENSANDO, ANDREA!, ¡NO, TÚ NO PIENSAS!»

«¡ERES UNA IDIOTA!»

«¡TÚ NO PIENSAS!»

«¡NOS PUSISTE EN VERGÜENZA!»

«¡TODOS TE LLAMAN PUTA!»

«¡ARRUINASTE TU VIDA Y LA DE TODOS AQUÍ!»

«¡ERES UNA ESTÚPIDA!»

LO SIENTO, PAPÁ
LO SIENTO, PAPÁ
LO SIENTO, PAPÁ
LO SIENTO, PAPÁ
LO SIENTO, PAPÁ
LO SIENTO, PAPÁ
LO SIENTO, PAPÁ
LO SIENTO, PAPÁ
LO SIENTO, PAPÁ
LO SIENTO, PAPÁ
LO SIENTO, PAPÁ
LO SIENTO, PAPÁ
LO SIENTO, PAPÁ
LO SIENTO, PAPÁ
LO SIENTO, PAPÁ
LO SIENTO, PAPÁ
LO SIENTO, PAPÁ
LO SIENTO, PAPÁ
LO SIENTO, PAPÁ

LO SIENTO, PAPÁ
LO SIENTO, PAPÁ
LO SIENTO, PAPÁ
LO SIENTO, PAPÁ
LO SIENTO, PAPÁ
LO SIENTO, PAPÁ
LO SIENTO, PAPÁ
LO SIENTO, PAPÁ
LO SIENTO, PAPÁ
LO SIENTO, PAPÁ
LO SIENTO, PAPÁ
LO SIENTO, PAPÁ
LO SIENTO, PAPÁ
LO SIENTO, PAPÁ
LO SIENTO, PAPÁ
LO SIENTO, PAPÁ
LO SIENTO, PAPÁ
LO SIENTO, PAPÁ
LO SIENTO, PAPÁ
LO SIENTO, PAPÁ
LO SIENTO, PAPÁ
LO SIENTO, PAPÁ
LO SIENTO, PAPÁ
LO SIENTO, PAPÁ
LO SIENTO, PAPÁ
LO SIENTO, PAPÁ
LO SIENTO, PAPÁ
LO SIENTO, PAPÁ
LO SIENTO, PAPÁ
LO SIENTO, PAPÁ
LO SIENTO, PAPÁ
LO SIENTO, PAPÁ

LO SIENTO, PAPÁ
LO SIENTO, PAPÁ
LO SIENTO, PAPÁ
LO SIENTO, PAPÁ
LO SIENTO, PAPÁ

LO SIENTO, PAPÁ...

Querido diario,

Papá le pidió a mamácomprarme ropa holgada.

Me quitó mi teléfono, mi ordenador y todo lo que para mí era preciado.

Solo tengo mis cosas de la preparatoria y este diario.

Andrea... muriéndome.

Querido Diario,

ME ODIAN.

LES DOY ASCO.

¡ME ODIAN!

ME PREGUNTO SI PREFERIRÍAN VERME MUERTA.

QUISIERA ESTAR MUERTA.

Andrea.

3

Querido Diario,

Todo es peor, cada vez es **PEOR**, el vídeo está por todos lados.

Papá me exigió confirmar que fue Sebastián quien lo grabó. Sin embargo, es en vano, no puede hacer nada contra él. Es su palabra contra la mía y él asegura que <u>yo</u> difundí el vídeo.

<u>YO</u>

Papá intentó golpear a Sebastián y su abogado le puso una orden de restricción.

La gente también está diciendo que es mi culpa por permitir grabar ese vídeo.

QUIERO ESTAR MUERTA.
QUIERO ESTAR MUERTA.

Andrea.

Querido Diario,

YA NO QUIERO SER ANDREA.

Cogí unas tijeras y recorté mi cabello. Lo recorté hasta dejarlo por encima de mis hombros. Al verme, mamá me abrazó y consoló. Dijo: «Todo estará bien, Andi» y me obligó a acompañarla a un salón de belleza para que repararan lo que quedó de mi cabello... como si no diera igual cómo se ve.

YA NO QUIERO SER ANDREA

NO QUIERO QUE ME RECONOZCAN

YA NO QUIERO SER ANDREA

NO QUIERO QUE ME RECONOZCAN

YA NO QUIERO SER ANDREA

NO QUIERO QUE ME RECONOZCAN

NO Andrea

Querido Diario,

Papá llegó borracho (otra vez). Yo era su princesa, su niña, la luz de sus ojos, su Andrea... Era su todo.

Me gritó que sus amigos vieron el video.

¿Por qué?

¿POR QUÉ?

Mi hermano también me odia... Ambos perdieron amigos por mi culpa.

Les doy asco a todos. A TODOS, excepto a mamá, que me tiene lástima y eso es peor. ES PEOR.

Ahora ella está empacando. El ambiente en casa está tenso y dice que no soporta más. Habló conmigo. Dice que yo me voy con ella y que mi hermano se queda con papá.

Destruí a mi familia. LA DESTRUÍ.

Querido Diario,

No quiero volver a la preparatoria. NO QUIERO.

¡NO QUIERO!

¡NO QUIERO!

¡NO QUIEROOOOOOOOOOO!

Querido Diario,

No sé dónde esconderme. Mamá ya no me cree cuando le digo que estoy enferma, «sospecha» que miento con tal de no ir a la preparatoria. Necesito hacer algo ya.

Odio arruinar aún más nuestras vidas, pero no puedo más. NO PUEDO MÁS.

NO PUEDO MÁS.

NO PUEDO MÁS.

NO PUEDO MÁS.

Andrea.

Querido Diario,

Dejaré en esta página una nota para mamá:

Te amo. Gracias por amarme a pesar de que fallé, pero créeme cuando digo que ya no soporto más. Vuelve con papá y con Enzo y sean felices. Por favor, no se entristezcan más por mí. Estarán mejor sin mí.

Los amo a todos. Perdónenme.

Siempre suya,

Andrea.

Querido Diario,

Hace un rato salí del hospital. Mamá me encontró en el baño. Consumí todas las pastillas que encontré en nuestro botiquín, pero no funcionó. Solo conseguí que me hicieran un lavado de estómago.

Hasta para matarme soy una idiota.

No tengo ánimo para nada. Lo único que quiero es dormir.

Con suerte no vuelvo a despertar jamás.

Andrea.

Querido Diario,

Mamá me rogó que no intentara matarme. «No otra vez, Andrea» Me suplicó no abandonarla.

No sé qué pensar. No quiero pensar. El lavado de estómago sirvió para faltar algunos días a la preparatoria, pero hoy debí regresar. Ahora también se burlan de mí por intentar matarme. Mindy y otras chicas me envían notas con información sobre cómo suicidarme sin fallar.

Andrea.

Querido Diario,

Lo único que quieroes dormir y no despertar jamás...

NO QUIERO MORIR, SOLO QUIERO QUE EL DOLOR TERMINE.

Querido Diario,

A pesar de que la consejera le habló a mamá sobre la importancia de intentar «recuperar» mi vida, la abuela convenció de mudarnos.

La primera opción fue ir a casa de la abuela, si bien, al final mamá eligió la ciudad en la que vive tía Di. Ella es directora de una preparatoria y mamá considera que eso me facilitará todo, siendo supervisada por mi tía y porque allí también estudian Aaron y Joseline, hijos de tía Di que pueden animarme y acompañarme.

Me parece perfecto. Lo único que quiero es salir de aquí. Huir de aquí.

Andrea.

Querido diario,

Último día en esta ciudad, ya todo está empacado y mañana partiremos a Ontiva. Es una ciudad grande, por lo que espero pasar desapercibida.

Espero que la preparatoria igualmente sea grande.

No extrañaré nada aquí, lo que es triste. Sé que papá y Enzo estarán mejor conmigo lejos y, en cuando a mis «amig@s», ya no existen. Ahora la mayoría son mis acosadores.

Adiós, Mindy. Siempre me preguntaré por qué tu única razón para odiarme fue que tu novio vio mi vídeo porque él mismo LO BUSCÓ.

Me odias a mí y sigues con él.

Andrea.

Querido diario (mismo día),

Mamá dice que papá está afuera. Sin embargo, no intenta entrar. Posiblemente sabe que nos mudaremos.

¿Por qué no intenta entrar y hablar conmigo o con mamá?

¿No le duele que nos vayamos?

¿Tanto asco le doy?

Lo que más me duele de esto es haber destruido a mi familia.

Andrea.

Querido diario,

Actualización de noticias...

La casa a la que nos mudamos está bien. Es pequeña, pero acogedora, y, de todos modos, mamá y yo no necesitamos mucho espacio. Mamá no fue a trabajar la primera semana para desempacar y empezar a adaptarnos. Tía Di ayudó visitándonos, dándonos un tour por la ciudad e invitándonos a cenar a su casa; lo que también nos permitió compartir con mis primos Aaron y Joseline.

Aaron está bien, es adorable e infantil como un bebé, por lo que decidí llamarlo Bebote. A Joseline, por otro lado, no la comprendo.

Es a la que saludé con más efusividad, ya sabes, porque tenemos la misma edad y solemos vernos para reuniones familiares y Navidad, pero ya no parezco agradarle. Ha sido reservada y distante.

Sé que sabe de mi vídeo porque tanto mamá como tía Di lo han mencionado frente a ella, pero no comenta nada al respecto. Hasta ahora, mis intentos de bromear o entablar una conversación han sido inútiles.

¿Por qué le desagrado?

Trato de hacer memoria sobre la última vez que nos vimos y no recuerdo ningún incidente (malo) en particular. No nos despedimos mal.

¿Le disgusta que me haya mudado?

Sabe que no la estoy pasando bien y pensé que... ya sabes... por ser mi prima sería más fácil ser amigas.

Andrea.

Querido diario,

Le pedí a mamá ya no ir a cenar a casa de tía Di. No soporto el desdén de Joseline ni las miradas severas del esposo de tía Di, quien, además, constantemente recomienda a mamá controlarme para que aquí no lo arruine todo DE NUEVO.

¿Debería decirle a mamá y a tía Di que, a pesar de sus «consejos y recomendaciones», no deja de ver mi culo y mis tetas cuando estoy cerca de él?

Me horroriza pensar que buscó el vídeo.

También creo que la actitud de Joseline es por lo escucha decir a su padre. Sin embargo, a Aaron no parece importarle, él mismo es criticado con frecuencia por ambos.

ANDREA... cada vez peor.

Querido diario,

Me siento sola.

Querido diario,

Mañana empiezo a ir a la nueva preparatoria.

He pensado en comentarios graciosos y anécdotas interesantes para caerles bien y que me quieran.

O usar mi talento para imitar al pato Donald, pato Lucas, Bugs bunny y Miss Peggy.

Debo recordar que soy buena haciendo amigas.

Aunque no soy religiosa, las últimas semanas si me he vuelto espiritual. Cierro los ojos y le pido a Dios que me quieran, solo eso, que me quieran.

Por favor Dios, que me quieran...

Andrea X

Querido diario...

Querido diario,

Los primeros días mamá preguntaba si todo iba bien y solo asentía. Después, tras hablar con tía Di y ella ponerla al tanto, dice cosas como «Todo mejorará, Andrea». Y, aunque lo dudo, procuro mostrarme optimista delante de ella.

Mamá no merece sufrir más por mi culpa.

Tía Di habló con los profesores para que me ayuden a integrarme (esa palabra utilizó), pero no ha servido de mucho.

Todos los días escucho murmuraciones, comentarios DIRECTOS o leo textos en el baño (rayones en puertas y paredes) en los que OTRA VEZ me llaman puta.

Y no, no tengo amig@s.

Andrea...

Querido diario,

Odio el lunes... el martes... el miércoles... jueves... y viernes...

Ojalá pronto sea vacaciones.

Andrea

Querido diario,

Aquí es peor.

Allá era la chica «medianamente popular» cuyo vídeo se filtró, pero, al menos, era «Andrea»; la mejor en concursos de baile, deportes o gusto musical; aquí, por no conocerme, INVENTAN cosas, y Joseline, que me conoce de <u>toda la vida</u>, no desmiente nada.

No desmiente nada.

Me siento <u>tan sola.</u>

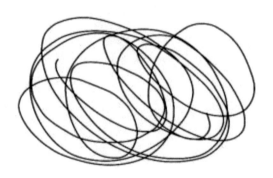

Andrea.

¿ALGÚN DÍA SERÉ FELIZ...?

Querido diario,

No comprendo por qué Joseline me odia. No lo comprendo. De niñas compartíamos muñecas.

Querido diario,

Entre los profesores con los que tía Di habló para «integrarme», destaca una: la Profesora Marcela Pratt, o, como suelen llamarla: Marce (amigos cercanos) o Señora Pratt. Ella es la Profesora de Español.

Desde los primeros días se acercó a saludarme y se ofreció a ESTAR para cualquier cosa que necesite.

ESTAR (es importante ponerlo en mayúsculas).

Asumí que su amabilidad es por su vejez, es una anciana que incluso camina encorvada, pero tía Di asegura que siempre ha sido gentil.

Lo comprobé (y decidí escribir esto) hace unos días cuando un grupo de chicos se acercó a molestarme. No obstante, al verla sentada cerca y ella dirigirles una mirada retadora, dieron media vuelta y se fueron. Después me dijo «Siempre me siento en este lugar», y decidí permanecer cerca.

Eso ha mejorado las cosas un poco. Ahora (al menos), me siento segura en su clase y durante el receso.

¿Por qué el resto de profesores no pueden ser como la señora Pratt?

Andrea.

Querido diario,

Es sábado y me desvelé viendo «Buscando a Nemo», una película de Disney sobre un pez que es raptado por no hacerle caso a su papá de no nadar lejos del arrecife.

Y... ¿sabes en qué no dejo de pensar?

Marlin (el papá de Nemo) nadó detrás BUSCÁNDOLO a pesar del error de Nemo.

Nunca lo dejó de amar.

Andrea (Nemo).

Querido diario,

Hoy escuché a Fredo (un chico del salón) decirle a Joseline «Ni siquiera se parecen (haciendo referencia al hecho de que somos primas), será una zorra del internet, pero es más bonita que tú» y es como si hubiera invocado a un demonio.

Joseline, una vez más, empezó a hablar cosas horribles de mí. Pero <u>ya no me importa</u>. Es decir, los primeros días le pedí que se detuviera e intenté desmentirla, pero ¿sabes? <u>Te cansas</u>.

Llega un punto en el que dicen tantas cosas de sobre que una más es solo anecdotario.

Aunque no duele menos, solo me dejo arrastrar por las olas.

Ojalá doliera menos...

Andrea

Querido diario,

Carta improvisada:

Querida Joseline,

Si te gusta Chris (a pesar de ser un imbécil), díselo en lugar de odiarme a mí por haber visto mi vídeo. De hecho, por _tu culpa_ vio mi vídeo. Por tu culpa TODOS aquí han visto mi vídeo.

Y dile a tus amigas Karla y Melanie, que lo mismo aplica con sus respectivos novios.
     ¿POR QUÉ ODIARME A MÍ?

Atentamente,

              Tu prima, la zorra E-bitch.

«E-bitch». Los oí decirlo en la cafetería.

Tomaron mi apellido «Evich» y, con un juego de palabras (Bitch significa «perra» en inglés, PERRA de forma peyorativa) lo convirtieron en un insulto.

También crearon grupos de Facebook para hablar mal de mí.

Al menos son creativos (? Más creativos que los de mi antigua preparatoria.

              Andrea.

Querido diario,

Lo de «E-bitch» está fuera de control...

Si tan solo pudiera morir...

He pensado en volver a intentar suicidarme, pero mamá ha hecho tantos cambios por mí. Ella no lo merece.

Querido diario,

Es decir, no desestimo su compañía y ESFUERZOS, es solo que, por lo mismo, no me atrevo a hablarle sobre lo incomoda que me siento.

Imagina volver a pedirle que nos mudemos.

Sigo por ella. Hace mucho que no hago esto por mí.

Andrea.

Querido diario,

Hoy Aaron tuvo problemas por mi culpa.

Su papá ya les había dicho a él y a Joseline que no digan que somos primos </3, pero aun así, él y sus amigos Brandon e Isaac se dieron a la tarea de perseguir a cualquiera que me moleste. Eso les ocasionó problemas con tía Di y otros profesores.

Al igual que con mamá, para mantener a salvo a Aaron le dije que todo «está bien» y que en realidad no me afecta tanto.

NO QUIERO DAR PROBLEMAS.

Andrea.

Diario,

¿CÓMO OBTUVIERON MI NÚMERO DE TELÉFONO?

No dejan de enviar textos horribles.

Querido diario,

Le mentí a mamá sobre el teléfono.

Le dije que los mensajes son de ex compañeros de mi antigua preparatoria; sin embargo, por las cosas que dicen (ME LLAMAN ANDREA E-BITCH) sé que son de esta. Aun así, ya dije que no quiero preocuparla y solo con eso accedió a cambiar mi número de teléfono.

Tendré más cuidado al dar mi número de teléfono.

Andrea.

P. D.
Sé que fue Joseline.

Querido diario,

Hoy tía Di llegó a mi salón de clases a platicarnos que la señora Pratt se hará unos exámenes porque ha estado enferma. Lo platicó con la señora Pratt presente y luego nos pidió inclinar nuestro rostro para hacer una oración. Las cosas marchaban «bien» hasta que Chris, sentado cerca de mí, susurró en voz considerablemente alta «¿Segura que tú puedes hacer una oración, Andrea?» y todos rieron.

El comentario me dolió y AVERGONZÓ y ya no incliné mi rostro.

No fui la única. El chico sentado detrás de mí tampoco repitió la oración y al principio era el mismo caso con la señora Pratt, que solo nos miró. Si bien, segundos después ella sí se unió a la plegaria.

Intenté dejarlo pasar y distraerme pensando en porqué el chico sentado delante de mí tampoco participó, hasta que a la hora de la salida la señora Pratt me pidió esperarla y, como es su costumbre, con amabilidad dijo «Solo para aclarar una cosa que dijo Chris». La escuché atenta. «Tú sí que puedes hacer una oración, Andrea. Cualquiera puede y debe. Porque, de hecho, quien te escucha es el único que puede juzgarte y sin embargo no lo hace. ¿No es curioso? Lo dice en Mateo 7:1-12 y Santiago 4:12. Él único que puede juzgarte, no lo hace... Dile eso a Chris la próxima vez».

Ella sabe que no se lo diré, prefiero callar y tratar de olvidar, pero le agradecí no dejar que me quiten el derecho a hacer una oración.

> »No se conviertan en jueces de los demás, y así Dios no los juzgará a ustedes. Si son muy duros para juzgar a otras personas, Dios será igualmente duro con ustedes.
>
> —Mateo 7:1-12

> »No hay más que un solo legislador y juez, aquel que puede salvar y destruir. Tú, en cambio, ¿quién eres para juzgar a tu prójimo?
>
> —Santiago 4:12

Y pensé que la conversación había terminado, hasta que vimos salir al chico que tampoco hizo la oración y también le habló a él: «Oliver...». Él, sin parecer sorprendido de que lo llame, se apresuró a contestar suplicante: «No me diga nada. Usted sabe que soy ateo... Debo devolver este libro a la biblioteca antes de las en punto. Nos vemos más tarde».

Y corrió.

«Él no te ha dicho ninguna majadería, ¿cierto?», me preguntó la señora Pratt.

«No, el ateo nunca me ha dicho nada feo», bromeé.

«Creer en Dios no te hace buena persona. Creerle A Dios, sí».

«¿Cuál es la diferencia?».

«Amarás al señor tu Dios con todo tu corazón y tu mente, también a tu prójimo. Dios es amor», subrayó la señora Pratt.

«... Él solo me ignora», agregué, pensativa.

«¿Dios?».

«No» reí «Oliver... No recordaba que ese es su nombre. Lo mismo Daniel Yura, el aplicado de la clase... y lo agradezco, ¿sabe?». Sentí ganas de llorar al recordar el último comentario de Chris. «En mi posición, tomo como gesto de consideración que me ignoren».

Andrea.

Querido diario,

No le había prestado mucha atención a Oliver hasta que la señora Pratt lo interceptó y hablamos, pero, lo que dije es cierto, él nunca me ha dicho nada malo. De hecho, no habla con nadie. En los recesos solo lo he visto en compañía de Rebeca Curly, nieta de la señora Pratt (no está en nuestra clase). Creo que son buenos amigos.

Andrea.

Querido diario,

Observé otra vez a Oliver y a Rebeca y, cuando menos, creo que a ella le gusta él.

Andrea.

P. D.
Prefiero distraerme espiando al ateo que poner atención a quienes me acosa.

Querido diario,

Mamá y yo cenamos en casa de tía Di y con cautela guié la conversación hacia Oliver. Tía Di, asegurándose de que Joseline no escuchara, solo mencionó que Oliver cuida de su papá por él tener un problema cerebral y estar postrado en una cama. Ahora... me cae bien.

Andrea.

Querido diario,

Debo dejar de llorar al mirar «Buscando a Nemo».

Nemo.

Querido diario,

La señora Pratt está preocupada por mi bajo rendimiento en clase y me habló sobre un ensayo de Español que deberemos hacer en parejas.

No tengo opción, debo trabajar con alguien. Ahora, la pregunta es, ¿con Joseline? ¿Karla? ¿Melanie, Chris o cualquier otro de mis acosadores?

No. Por fortuna, recordando nuestra conversación anterior, ella misma me puso a escoger entre Daniel Yura y Oliver Odom.

Escogí a Oliver. ¿Le caeré bien?

Intentaré averiguar más cosas sobre él para que no me odie. Al menos no demasiado.

Dios, ayúdame a que no me odie demasiado.

Andrea, la mejor compañera de Español.

Querido diario,

Como sabe que le tengo aprecio, tía Di me llamó para decirme que la salud de la señora Pratt empeoró (tengo entendido que padece de sus huesos) y a partir de mañana será cubierta por un sustituto.

Haré una oración por la señora Pratt.

No sé qué preocupa más, ella o que el sustito será quien informe a todos del trabajo en parejas.

Contaba con que la señora Pratt supiera decírselo a Oliver.

Por favor Dios, que el ateo no me odie...

Que oración tan extraña.

Andrea.

QUE NO ME ODIE
QUE NO ME ODIE
QUE NO ME ODIE
QUE NO ME ODIE
QUE NO ME ODIE
QUE NO ME ODIE
QUE NO ME ODIE

QUE NO ME ODIE
QUE NO ME ODIE
QUE NO ME ODIE
QUE NO ME ODIE
QUE NO ME ODIE
QUE NO ME ODIE
QUE NO ME ODIE
QUE NO ME ODIE
QUE NO ME ODIE
QUE NO ME ODIE

QUE NO ME ODIE

Querido Diario,

Todos se burlaron de Oliver y yo quería morirme. Fue horrible. Lo mejor que pude hacer por él fue huir pronto de allí.

Tengo miedo de que me odie. Ojalá no me odie.

Andrea.

Querido Diario,

HOY HABLAMOS (LE HABLÉ :p) Y MÁS TARDE IRÉ A SU CASA D:

Andrea, temblando.

p. D.

La buena noticia es que, por cómo titubea cuando le hablo, es muy PROBABLE que él también esté temblando ahora mismo...

Querido Diario,

Oliver no me odia, pero creo que vio el vídeo y leyó lo que escriben en los grupos de Facebook. Dijo cosas y no supe qué responder. Esto es tan humillante. Hoy hui de su casa y ahora siento que no podré verlo a los ojos.

Ojalá también pudiera huir... pero de mí.

Andrea.

P. D.
Al menos le gustaron mis imitaciones del Pato Donald y el Pato Lucas :')

No se las había podido mostrar a nadie.

HARÉ MI ENSAYO SOBRE CLEOPATRA

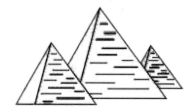

Querido Diario,

Hoy cuando llegué al salón de clases me sorprendí al ver una manzana sobre mi banco. Pero no era cualquier manzana, era la manzana más verde y brillante que haya visto jamás. ¡Era hermosa! Y me la regaló Oliver. Ningún chico había tenido un gesto tan amable conmigo sin esperar algo a cambio. Porque estoy segura de que Oliver no es como los demás chicos.

Él no me mira de «esa forma». Nunca lo ha hecho. Me mira atento, como si a pesar de lo que soy mereciera sus atenciones y respeto. Me comí la manzana, pero antes le tomé una foto.

Por cierto (sigo hablándote de Oliver), hoy me di cuenta de un par de cosas:

A) Rebeca está enamorada de él.

Lo sospechaba, pero hoy lo confirmé. De hecho, ahora le tengo miedo... Porque si las miradas mataran yo ya estaría muerta y enterrada. Me odia. Lo cual no es gran noticia, ¿quién no me odia? Quizá debería hacer una lista:

Mamá.

La abuela.

Tía Su.

Tía Di.

La señora Pratt.

Aaron.   ✪

Brandon.

Isaac.

Oliver.

Ellos no me odian. Hay más chicos, pero preferiría que ellos también me odiaran. Trabajaré en ello.

Buenas noticias: Investigué a Oliver y su cuenta de Facebook está prácticamente abandonada. ¿Eso explicaría por qué es amable conmigo? Ojalá que no.

Últimas actualizaciones de Oliver en Facebook:

Sábado 12 de julio de 2008:
«Espagueti a la boloñesa Yumi... yumi...»

Viernes 5 de diciembre de 2008:
«Hoy hay mucho frío».

Jueves 11 de junio de 2009:
«Tengo calor».

Agregaré esta información a la carpeta
«Recopilación de material para la tarea de Español».

Andrea Watson. Asistente de Sherlock Holmes X

Nota: Cleopatra apesta. Elegirla fue mala idea.

Debí elegir a Marilyn...

Querido Diario,

Estoy ensayando una imitación de la señora Pratt para caerle mejor a Oliver. Aparte de Aaron, Isaac y Brandon, es la primera persona cuya amistad sí me interesa en esa preparatoria.

Le pregunté a Tía Di por la señora Pratt, pero no tiene noticias. Cuando la vuelva a ver también le mostraré cómo la imito 🖤

Andrea X

Querido Diario,

Acabo de regresar de casa de Oliver. ¡Todo bien! :) Lo hice reír con mi imitación de la señora Pratt, incluso más que con la de los patos. Me gusta hacerlo reír, porque él no ríe mucho y es lindo cuando ríe. Es incluso más lindo que cuando no ríe. Porque él es lindo. Y es bueno. Y es amable. JÁ, y le pateé el culo en Diddy Kong Racing. La próxima vez lo dejaré ganar, lo prometo.

¡Creo que estoy demasiado emocionada!

Bien, bajaré mi intensidad ahora...

Mientras jugábamos, un enfermero llegó por Oliver para pedirle ayuda con algo relacionado a su papá. Él hizo a un lado el juego sin siquiera dudarlo. Él hace tanto por su papá.

Yo sabía que cuida de él, pero nunca me había puesto a pensar, al menos detenidamente, en lo difícil que debe ser, ya sabes, sacrificar tu vida por alguien. Aunque puede que para Oliver cuidar de su papá no sea un sacrificio.

Yo también haría eso y más por mamá, incluso por papá, pero considero que es más fácil decirlo que hacerlo. Admiro a Oliver por ser como es. Porque el sacrificio es un acto de amor, ¿no?

Quisiera ganarme la confianza de Oliver. Quisiera ser su amiga y decirle que puede contar conmigo. Él merece contar con alguien. Y reír. Porque es lindo cuando ríe. Es incluso más lindo que cuando no ríe.

Andrea X

It's fun to stay at the Y.M.C.A.
It's fun to stay at the Y.M.C.A.
They have everything For young men to enjoy.
You can hang out with all the boys.

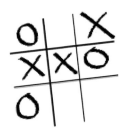

Querido Diario,

Algo pasó.

Algo pasó que... ahora algo me pasa a mí.

Algo que no quiero que pase.

Hasta tengo miedo de hablarte de ese algo.

Porque si lo digo, porque si incluso pienso en eso... será verdad. Será mi realidad y no puedo permitirme algo así. ¡Yo no puedo sentir eso!

Pero también pienso que, si no hablo de eso, de eso que está pasando justo ahora, voy a explotar.

Cuando estoy con Oliver me siento cómoda siendo yo misma. Quisiera hablarle sobre las cosas buenas que todavía hay dentro de mí, y... no sé.

Que él me mire así, con respeto, a pesar de lo que los demás dicen de mí, me hace sentir feliz.

Quiero agradarle. ¿Eso estará bien para él? Quiero decirle que a pesar de no ser la chica más inteligente o la más linda, soy buena y...

Porque quiero ser su amiga. Quiero merecer su amistad.

Oliver es bueno...

¿Quiero ser su amiga? ¿Eso es lo que quiero?

No. No estoy diciendo toda la verdad y lo sabes.

Tengo miedo de expresar lo que en verdad siento por Oliver porque eso no está bien.

Me siento tan confundida.

Esto es ese ALGO que pasó:

Cuando salí de la preparatoria hoy, vi a Oliver caminar junto a Beca. No iban de la mano, pero me afectó.

No me afectó de esa forma que se siente como traición. ¿Sabes a qué me refiero? No fueron celos. No ese tipo de celos que son fuego. Se sintió como hielo. Aunque el hielo quema... Pero eso no importa ahora.

Es como si... ¿Te has sentido culpable de querer algo que no mereces, pero, al mismo tiempo, no puedes evitar querer ese algo? Pero tienes miedo de alterar el rumbo correcto de las cosas... Porque Andrea Evich no puede estar con Oliver Odom. No puede quererlo.

Oliver es demasiado bueno para una chica como yo.

Sin embargo, cuando lo vi con ella sentí ganas de llorar. Eso es. Sentí ganas de ser ella. Pero yo no soy ella porque soy algo peor. Mucho peor. Algo que no puede ser ella.

YO SOY BASURA.

¿De qué manera es más fácil explicarlo? BASURA.

Me gustaría tener la oportunidad que ella tiene.

Me gustaría caminar junto a Oliver sin temor a ser juzgados.

Andrea

Querido Diario,

Hoy (a la salida de la preparatoria) ocurrió algo hermoso.

COMO SIEMPRE, no revisé el pronóstico del clima, comenzó a llover y no traía paraguas. Me dije «Está bien, me gusta mojarme» y me preparé para caminar de esa forma a casa.

En eso, reparé en la acera frente a la preparatoria, esperando ver a Oliver y Beca otra vez juntos.

Mi corazón dolía con anticipación.

Sin embargo, pensando en ello, escuché pasos presurosos tras de mí. Era Oliver intentando alcanzarme con paraguas en mano.

No lo podía creer.

Lo recibí con una sonrisa, nos abrazamos debajo de este para cubrirnos los dos y así caminamos hasta mi casa.

En el camino solo hablamos de la tarea de Español, pero, sentirlo a mi lado, con sus manos cerca de las mías sujetando los dos el paraguas, fue maravilloso.

MARAVILLOSO.

Andrea X

Querido Diario:

Es divertido escuchar a Oliver opinar sobre videojuegos. Lo hace de una forma peculiar:

Resulta que el idiota de Chris y sus idiotas amigos, a veces comentan videojuegos. Oliver no se lleva bien con ellos, ni siquiera intenta caerles bien ♥, pero cuando los escucha hablar, suele corregirlos o da su opinión en voz baja, a modo de que nadie escuche. Sin embargo, como se sienta detrás de mí, yo SÍ escucho, y oírlo me hace sonreír.

Le gusta el tema ↓

¡Me gustaría regalarle videojuegos!

Andrea X

Querido Diario:

¡Hoy pasó algo MUUUUY divertido!

Estoy empapada de agua de lluvia y río como tonta.

¡Tiene que ver con Oliver!

Te contaré:

Hoy por la tarde, cuando trabajábamos en la mierda de vida que tuvo Cleopatra, a Oliver y a mí nos dio hambre y... Dios, pensar en ello es asqueroso, pero divertido también. ¡Espera a que te diga por qué! Verás, nos dio hambre. Pero ya dije eso. Sigo... Fue entonces cuando me preguntó qué me gusta comer, y yo dije «¡Cheetos!» Pero, como él no tenía Cheetos en su despensa, le prestó el coche a su tío Byron y fuimos al supermercado.

Aquí viene lo divertido:

Cogimos dos carretillas para jugar a las carreras en los pasillos. ¡A lo Diddy Kong Racing! Una dependiente malhumorada y un policía nos detuvieron y preguntaron qué demonios estábamos haciendo.

Oliver: Vinimos a comprar Cheetos.

Policía: ¿Y para eso necesitan dos carretillas?

¡No íbamos a permitir que ellos ganaran!

«De hecho, sí», les dijo Oliver con una sonrisa y los hizo acompañarnos a la estantería de los snacks. Allí, Oliver y yo empezamos a llenar ambas carretillas con bolsas de Cheetos.

¡La cara de la dependiente y la del policía no tenían precio!

Oliver: Somos adictos a los Cheetos.

Ellos nos miraban inquietos.

Yo: Pero no se preocupen, ya estamos en tratamiento.

Dependienta: ¿Hay adictos a los Cheetos?

Oliver: Oh, sí. Hay clínica de rehabilitación y todo.

Fingí estar desesperada y abracé una de las bolsas hasta casi hacerla explotar.

Oliver me consoló: Tranquila, en cuanto la paguemos podrás abrirla.

Terminamos de llenar ambas carretillas mientras la dependienta, el policía y otros clientes de la tienda, nos miraban mal. Después fuimos a pagar. Y como el dinero que ambos llevábamos no era suficiente, Oliver sacó la tarjeta de crédito que su mamá le dio para emergencias y pagó todo.

Importante: Afuera empezó a llover (¡lluvia otra vez!) 🩶

Abrí una de las bolsas de Cheetos y empecé a tragar todo como desquiciada. La gente a nuestro alrededor me miró con cara de asco, pero la dependienta les intentó explicar: «Los dos son adictos a los Cheetos».

Oliver me siguió el juego y pronto nos terminamos una bolsa completa.

Entretanto se acercó otro dependiente, alguien con la actitud de «Yo soy el jefe de los dependientes».

Dependiente jefe: No pueden comer aquí.

Oliver: ¿Por qué?

Dependiente jefe: Política de la empresa.

¿Recuerdas que mencioné que afuera empezó a llover?

Yo: Pero afuera está lloviendo. No podemos irnos y necesitamos más Cheetos.

El policía que nos vigiló en los pasillos se acercó.

Policía: Son adictos.

Dependiente jefe: Pero no pueden comer aquí haciendo ese tipo de espectáculo.

Otros dependientes y demás clientes en el supermercado nos miraron preocupados.

Entonces me volví hacia Oliver con cara de desesperación: «Necesito más» dije, y empecé a lamer mis dedos (completamente anaranjados por los Cheetos).

Oliver al dependiente jefe: La terapia ha resultado mejor para mí, pero ella todavía tiene crisis.

Cuando terminé de lamer mis dedos empecé con los de Oliver.

Dependienta: ¡Jesucristo, ella de verdad está mal!

Oliver tampoco podía creer lo que veía e intentó en vano no reír: Eh... Sí... Como dije, su caso es grave.

Fue en ese momento cuando se dieron cuenta de que les estábamos tomando el pelo.

Dependiente jefe: ¡Largo de aquí!

Y nos echó a los dos :(

Salimos del supermercado empujando cada uno una carretilla llena de Cheetos, mojándonos con la lluvia y riendo.

El mejor día de mi vida, sin duda alguna.

Andrea xxxxX

Porque después de la lluvia; hay arcoíris...

EN EL SALÓN TODOS CANTARON LIKE A VIRGEN PARA AVERGONZARME FRENTE A OLIVER ...

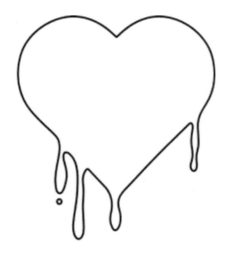

Querido Diario:

Pasé casi toda la mañana escondida en la oficina de tía Di, llorando. No puso objeción. Imaginaría el por qué y sabe que cerca de ella estoy segura. Me preguntó si podía hacer algo por mí y solo pedí permanecer un rato en su oficina.

Después vi al imbécil de Chris hablando con Oliver. Oliver nunca habla con Chris o alguien más aparte de Beca, por lo que estúpidamente asumí que de pronto era parte de todo. Que ahora, al saber lo del vídeo, se uniría a las burlas y demás... y lo reté sin razón.

Sin embargo, no...

No sé qué pensar. Por un lado, me alegra saber que Oliver no ha visto el vídeo, pero, por otro, siento miedo. No quiero perderlo. No quiero perderlo si es que acaso ya tengo un poco de su afecto.

Andrea.

Querido diario,

Hoy me enteré que Oliver... COCINA!
OLIVER COCINA!!! 🖤_🖤

Y no cereal, sándwiches o galletas con atún; preparó una LASAÑA. ¡Ni más ni menos!

No se lo digas a nadie, será nuestro secreto, pero por un momento nos imaginé preparando el desayuno juntos.

No me impidas soñar T-T Hace mucho no lo hacía...

Le di mi número de teléfono. Ni siquiera lo dudé. A nadie más en mi salón de clases se lo confiaría tanto. A nadie más.

I've fallen in love
I've fallen in love for the first time
This time I know it's for real
I've fallen in love, yeah
God knows, God knows I've fallen in love...

ME GUSTA HACERLO REÍR.
ME GUSTA VERLO FELIZ 🖤

Andrea Xi

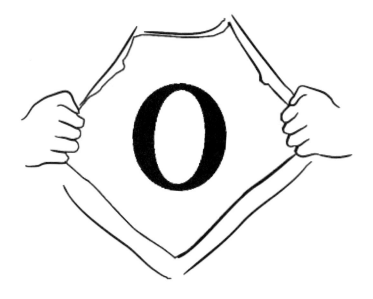

Es la «O» de Oliver

Querido Diario:

¿Adivina quién estropeó todo otra vez? Sí, adivinas bien.

YO

Sin querer <u>interrumpí</u> a Oliver y a Beca cuando pasaban el rato en una heladería.

Beca debe estar odiándome en serio. Tal vez debería llamarla y aclararle que no represento ningún peligro para ella. Porque mírala, es bella; su cabello es largo, castaño y ondulado, y tiene unos ojos verdes preciosos. ¿Por qué debería preocuparle? Ella tiene muchas cosas que yo no tengo: Buena reputación, por ejemplo. ¡Oliver es suyo! Él solo es amable conmigo porque es bueno y atento, pero la quiere a ella. Es decir, casi siempre está con ella. Porqué cuando él no está solo está con ella. HELLO, BECA.

Aunque... maldita sea, eso rompe tanto mi corazón que ahora lloro. ¡SÍ, ESTOY LLORANDO! Estoy feliz por Oliver, pero... Dios, soy nada comparada con ella. ¿Por qué debería temer Beca?

¿Por qué temer, Beca? Es obvio que tú si tienes la oportunidad que yo no tengo. TÚ SÍ LO MERECES.

Maldita sea, no debería estar llorando...

Él acaba de enviarme un mensaje, pero no quiero verlo.

Dije estar dispuesta a ser su amiga porque no quiero que se sienta solo, pero temo estarme... (Tengo miedo de escribir la palabra que empieza con A) No. No. No. Él no está solo, la tiene a ella y yo debería alejarme por el bien de él y de ella.

Yo soy destrucción.

YO SOY BASURA.

Yo soy LO PEOR.

No quiero ver su mensaje y al mismo tiempo no hay otra cosa que quiera ver. ¿Por qué?

Andrea.

Querido diario,

No, no hice un baile feliz al enterarme de que Oliver solo ve a Beca como amiga...

Bueno, sí, bailé un poco... MUCHO! *o*
Bailé I want to break free!!!! 🖤 🖤

Pero, también lo lamenté un poco por Beca :(No es mala persona.

Andrea X

Freddie
Mercury 🖤

Querido Diario,

Lee este poema:

Indolencia.

A pesar de mí misma te amo; eres tan vano como hermoso, y me dice, vigilante, el orgullo: "¿Para esto elegías? Gusto bajo es el tuyo; no te vendas nada, ni a un perfil romano".

Y me dicta el deseo, tenebroso y pagano, de abrirte un ancho tajo por donde tú murmullo vital fuera colado... Sólo muerto mi arrullo más dulce te envolviera, buscando tu boca y mano.

¿Salomé rediviva? Son más pobres mis gestos. Ya para cosas trágicas malos tiempos son éstos.

Yo soy la que incompleta vive siempre su vida. Pues no pierde su línea por una fiesta griega y al acaso indeciso, ondulante, se pliega con los ojos lejanos y el alma distraída.

By Andrea Evich. ¡Broma! Lo escribió <u>Alfonsina Storni.</u>

Querido Diario,

Oliver y yo estábamos... Bueno, hoy cuando me encontré con Oliver...

Ni siquiera puedo escribir lo que sucedió. Hay mucho ruido en mi mente ahora mismo. ¿Sabes cómo es eso?

¿Cómo es posible que alguien pueda sentirse feliz y un segundo después se sienta infeliz? Estoy llorando y si no me detengo ahora arruinaré tus hojas.

A veces olvido que debo tener cuidado. Intenté explicarle todo a tía Di, pero no conseguí que comprendiera. Cuando estoy con Oliver olvido cuanto asco doy y me siento como una nueva yo. Eso es todo lo que sé decirte porque me siento CONFUNDIDA y... quiero morir. Necesito estar fuera de todo.

No puedo más. Arruiné la vida de papá. Arruiné la vida de mi hermano. Por mi culpa ambos perdieron a sus amigos y perdieron a mamá. TAMBIÉN ARRUINÉ A MAMÁ. A ella la arrastré al abismo conmigo. Y no quiero ver a la abuela, ni a tía Su, NO QUIERO VER A NADIE, porque no quiero que me hagan preguntas, para después darme cuenta de que igualmente se sienten decepcionadas de mí. Porque ahora también decepcioné a tía Di. Tía Di ya no cree en mí.

Soy mierda. Soy lo peor que pudo sucederles a todos. Soy destrucción.

SOY UNA CUALQUIERA!!!

Me repito que ya pasó, que debo tranquilizarme, que todo estará bien, pero no es así. Mañana cuando regrese a la preparatoria me espera más de lo mismo. Ni siquiera han pasado veinticuatro horas y ya un grupo de chicas me escupieron y siguieron hasta mi casa. Y ya tengo veinte mensajes de odio en mi teléfono. Y sé que Joseline ya difundió en Facebook lo que pasó.

Esto es solo el comienzo. Pero es peor porque estoy arrastrando a Oliver.

NO QUIERO VOLVER. NO QUIERO VOLVER. Quiero morir. Quiero morir ahora mismo!!!

Andrea.

Querido Diario,

Si él no hubiera abierto la puerta, en este momento estaría muerta.

Andrea.

Querido Diario,

Me pasa que junto a Oliver mis problemas se sienten pequeños. Primero, porque él no hace insinuaciones que me los recuerden. Por el contrario, me hace sentir querida. Segundo, porque él tiene sus propios problemas.   Grandes   problemas.

Quiere tanto a su papá...

Ya perdí la cuenta de cuántas veces he pensado en quitarme la vida. No sentía tener una razón para seguir viviendo, excepto, quizá, no causar más daño a mamá. Pero, al mismo tiempo, pienso en que <u>sin mí</u> mamá no sufriría tanto.

Por eso, en parte, comprendo la molestia de Beca al enviarme este mensaje:

Aléjate de Oliver. Es demasiado bueno para ti y lo sabes.

Y no le reclamé decirme eso porque tiene razón.

No, no estoy llorando...

Bueno, sí, un poco.

Me gustaría regresar el tiempo y no hacer cosas que me impidieran merecer a alguien como Oliver. Por eso he tomado la decisión de alejarme a pesar de que siempre le estaré agradecida por hacerme ver que no soy la única persona que tiene problemas.

Y que debo seguir. Aunque sea un poco más debo seguir.

Andrea.

Querido diario,

El plan era alejarme de Oliver, pero ahora somos novios...

Solo PASÓ.
ME QUIERE.
ME QUIERE.
ME QUIERE ♥

Imagina que todos te quieran lejos, te critiquen, te condenen, pero alguien, la persona más buena en este mundo, TE AME.

En mi caso, solo Dios, la señora Pratt, mi mamá y Oliver ♥

¡NOS BESAMOS FRENTE A TODOS!

De nuevo soy FELIZ.

Andrea ♥ ♥ ♥

Querido diario (mismo día),

No quiero permitir que el miedo me impida ser feliz. Sin embargo, la experiencia me obliga a ser realista.

Amo a Oliver, que de eso no te quede la menor duda, es imposible no hacerlo. Incluso antes de que la señora Pratt nos pusiera a trabajar juntos en Español, yo lo amaba.

¿Qué eso es imposible? Solo si no has descubierto el verdadero significado de amar. Hay muchas formas de amar. Por ejemplo, amo a las mamás que antes de dormir leen cuentos a sus hijos a pesar de sentir cansancio por tanto trabajar. Amo a las personas que ayudan a un animal desprotegido. Amo a quienes evitan decir palabras que puedan lastimar.

He aprendido muchas cosas sobre amar. Hundirme me obligó a enfrentar lo que está mal en el mundo y he concluido que hay una sola cosa más importante que todo lo demás: No amar.

Por otro lado, es difícil amarse a uno mismo, tienes que ver cosas buenas dentro de ti, cosas que yo no veo.

Observo a las personas y me pregunto qué harían ellos en mi lugar.

¿Qué haría Oliver en mi lugar?

Andrea.

Querido Diario:

Somos como dos niños en una dulcería.

Oliver y yo fuimos a comprar flores para el Sr. Odom, para mamá y para mí.

Oliver escogió unas peonias blancas para mí. ¡Fue maravilloso!
Y antes de traerme a casa, caminamos por un boscaje. Ahí nos escondimos entre dos árboles y me abrazó mientras acariciaba su cabello con una de las peonias. Suena cursi, lo sé, pero no se siente así cuando eres quien lo hace. Créeme.

Es bonito sentirte así 🖤 🖤 🖤 🖤 🖤 🖤

Siento ganas de que todos sean igual de felices.

Oliver es el chico más maravilloso que he conocido, pero, ahora que está conmigo, vivo con el miedo de perderlo... como he perdido a los demás.

¿Cómo se deja de sentir miedo?

Andrea.

Querido Diario:

Otra vez tienen mi número de teléfono. Este es el primer mensaje que enviaron:

Q poco + conoce Oliver Odom.

Después llegaron más:

No + da vergüenza caminar x las calles?

Q sentira tu mamá cuando + mira Andrea?

No sé qué siente mamá cuando me mira, pero leer eso la pondría mal, por lo que es mejor no decirle nada.

Hgmos memoria

Eso dice el último mensaje e incluye una captura del vídeo.

¿POR QUÉ?

Andrea

Querido Diario:

Mamá me escuchó llorar, tocó mi puerta y entró. Primero me preguntó si peleé con Oliver... Porque ella sabe todo respecto a Oliver. Es más, si Oliver se entera de cuánto le he hablado de él a mamá me tendría miedo :S

Sí, estoy de mejor humor.

No le conté a mamá sobre los mensajes, solo le dije que tenía ganas de llorar, <u>muchas ganas de llorar</u>. Entonces, se metió en la cama conmigo, me abrazó fuerte y me cantó una canción de cuna. Eso me hizo reír.

Le pregunté qué siente cuando me mira y dijo "Que te cante una canción de cuna debe darte una idea sobre cómo te miro y siempre te miraré, Andi".

Y le agradecí que estuviera aquí.

Le quise preguntar si sabe algo sobre papá o mi hermano, pero cambió de tema.

Luego me platicó su día (Los tres cisnes está mejorando gracias a tía Su y a ella) y yo le platiqué más sobre Oliver.

Me dijo que le da gusto verme sonreír así y que quiere tratar a Oliver.

Fue bueno platicar con mamá.

Horas después, Aaron me envió un mensaje de broma. Me reí otra vez y, más animada, hice una lista con los nombres de las personas que todavía me quieren:

Mamá.

La abuela.

Tía Su.

Tía Di.

Aaron.

La señora Pratt.

Isaac.

Brandon.

Oliver.

Ya son más :) Dejo por último a Oliver porque es el más nuevo en la lista.

Andrea X

Querido Diario,

Anoche me dormí pensando en que quizá debería preguntarle más seguido a mamá cómo se siente.

Andrea.

Querido diario,

Casi pierdo a Oliver...

Chris, Joseline, Fredo y demás acosadores, finalmente descargaron todo su odio y le mostraron el video.
¿POR QUÉ?

El papá de Oliver acaba de fallecer (asunto que no te platiqué porque no me corresponde) y NI ASÍ le tuvieron consideración. Cuando menos hubieran sido considerados con él.

Oliver colapsó y dudó, lo vi en sus ojos, pero, al final, sin necesidad de convencerlo, se quedó. Dijo que nada ha cambiado entre nosotros.

No tienes idea del alivio que siento.

Andrea (con una curita en el corazón).

Querido diario,

No me molesta «hacerlo» con Oliver 🖤 (De nuevo me refiero a «rezar», mamá), es muy diferente a hacerlo con Sebastián. Muy diferente. Oliver es amable, atento y me respeta.

Es triste que eso me sorprenda, ¿cierto? Que me respeten :') Pero... se siente bien entender la diferencia entre calentura y amor. Aunque, para ser sincera, Oliver es calentura + amor xD Y eso está muy bien.

Andrea XXXXXXX 🖤

P. D.
Aprovechando que está en casa le jugaré una broma sobre estar embarazada jajajajajajja

QUERIDO DIARIO,

LA BROMA CASI LE CUESTA UN DEDO A OLIVER xD JAJAJAJAJJAJAJA

ANDREA XXXXXX

Querido Diario,

Hoy empecé a pasar dos horas con Derek después de clases. Derek es el profesor sustituto de Español, pero... ya no quiero. No sé a quién decirle esto: Me incómoda. No debería verme como me ve.

Francamente tengo miedo.

Quisiera decirle a tía Di, mamá o a Oliver, pero no quiero dar más problemas. Intentaré ponerle un alto yo sola.

Andrea.

Querido diario,

Pasó algo HORRIBLE... y triste.

Alguien filtró un vídeo íntimo de Karla (la amiga de Joseline) y por «alguien», según la han escuchado comentar a ella misma, se refiere a su ex novio. Es el ÚNICO sospechoso. De nuevo «Revenge porn» </3

Andrea.

Querido diario (mismo día),

No puedo dejar de pensar en Karla, en el enojo, miedo, confusión y terrible soledad que debe estar sintiendo.

Sonará tonto luego de lo que me han hecho ella, Melanie y Joseline, pero quisiera darle un abrazo y decirle que todo estará bien. Sin embargo, al mismo tiempo pienso, ¿cómo? Si con frecuencia yo misma no creo que todo este o estará bien, es solo que no quieres que alguien más sienta lo mismo, que pase por lo mismo.

Es difícil de explicar, supongo; pero hay tragedias que no deseas ni a tu peor «enemigo».

Andrea.

Querido diario,

Convencí a Oliver de visitar a Karla y a las dos nos hizo bien hablar.

Me pidió perdón por cómo se ha comportado, y, aunque para tranquilizarla le resté importancia, oírla ME AYUDÓ. Sané un poco (? y eso es MUCHO para mí, en mi situación.

Después le pedí platicarme lo que pasó y vi en sus ojos la impotencia y dolor.

Nadie merece ser avergonzado ni denigrado.

¿Sabes? Es extraño. Ver a otra persona en la misma situación me está ayudando a entender de mejor manera la propia :') , y, lo mismo, me alegra ser de ayuda para ella o cualquiera.

¿Lo difícil? Como Karla se abrió conmigo y me confió lo que le pasó, me animé a platicarle lo de Derek. Se sintió aun peor y me confesó que Joseline está detrás (NO PUEDO CREER QUE ME ODIE TANTO) y que ella la estaba ayudando. Guau... De nuevo me pidió perdón y me convenció de platicarle todo a Oliver.

Ahora tenemos un plan para entregar a Derek a la policía: Grabarlo cuando me acosa :')

Andrea.

¿POR QUÉ ME ODIAS TANTO, JOSELINE?

Querido diario,

Hace mucho no tenía una amiga, y, aunque es pronto para llamar de esa manera a Karla, se siente bien poder hablar.

Antes de novio, Oliver fue mi amigo, pero no es lo mismo hablar con un chico que con una chica. Inclusive, a causa de la misma mala experiencia que vivimos, me siento más cercana a Karla que como alguna vez lo fui con Mindy.

Nos unen lazos fuertes, tristemente.

Andrea.

Querido diario,

La mamá de Oliver me pidió que me aleje de él por el bien de ambos </3

Andrea.

Ataque de supervillano...

Y MI MAMÁ ADORA A OLIVER :')

Querido diario,

Mañana grabaremos a Derek acosándome, y, aunque por mensajes le digo a Oliver y a Karla que estoy bien, no puedo dormir.

Me puse a ver una maratón de Friends para distraerme.

¿Lo triste? Toca ver los episodios de Ross y Emily y yo soy Team Roschel :')

Andrea...

Querido diario,

Funcionó.

Tía Di entregó a Derek a un inspector que prometió conservar mi nombre en el anonimato. Aun así, tuve que declarar y mamá presentar una acusación formal.

Me siento mal por no hablar antes. Aunque, al parecer, no lo suficiente porque de nuevo no me dejan olvidar mi error.

Andrea (agotada mentalmente)

Querido diario,

El escándalo se salió de control y mucha gente opina que yo provoqué a Derek.

Tía Di le pidió a mamá que falte, al menos, una semana a la preparatoria y que cierre una vez más mi cuenta de Facebook.

Andrea.

EL PROBLEMA SOY YO
EL PROBLEMA SOY YO
EL PROBLEMA SOY YO
EL PROBLEMA SOY YO
EL PROBLEMA SOY YO
EL PROBLEMA SOY YO
EL PROBLEMA SOY YO
EL PROBLEMA SOY YO
EL PROBLEMA SOY YO
EL PROBLEMA SOY YO

EL PROBLEMA SOY YO

EL PROBLEMA SOY YO

EL PROBLEMA SOY YO

EL PROBLEMA SOY YO

EL PROBLEMA SOY YO

EL PROBLEMA SOY YO

EL PROBLEMA SOY YO

EL PROBLEMA SOY YO

EL PROBLEMA SOY YO

EL PROBLEMA SOY YO

EL PROBLEMA SOY YO

EL PROBLEMA SOY YO

EL PROBLEMA SOY YO

EL PROBLEMA SOY YO

EL PROBLEMA SOY YO

EL PROBLEMA SOY YO

EL PROBLEMA SOY YO
EL PROBLEMA SOY YO
EL PROBLEMA SOY YO
EL PROBLEMA SOY YO?

Querido diario (mismo día),

Lo único que quiero es dejar de dar problemas a mamá, a tía Di, a todos...

Me gustaría que ya no se preocupen por mí.

Siempre lo hecho todo a perder.

Del mismo modo, me gustaría volver el tiempo. De nuevo no dejo de pensar en si yo tuve la culpa. ¿La imbécil soy yo por dejar a Sebastián grabar el vídeo o él por publicarlo?

Yo.

Él.

Ambos.

Confié en él. Lo quería. Jamás pensé que haría algo así: odiarme lo suficiente como para lanzarme al fango por ya no quererlo. Jamás pensé que tanta gente me odiaría por grabarme y asumirían saber quién soy solo por ver un vídeo. O que me llamarían «puta» y me harían sentir que lo soy.

O que yo misma me odiaría.

A Derek le sorprendió que no aceptara de buena gana sus insinuaciones. Sus palabras fueron «No te hagas la mosca muerta, Andrea». También le dijo a la policía «Ella no es una blanca paloma, búsquenla en internet».

Su abogado intentó manipular a la opinión pública poniendo en duda mi reputación... otra vez.

Han dicho que me lo merezco, que lo provoqué y que «una niña sana» estaría en casa haciendo tareas y no grabando vídeos.

NO TIENES IDEA DE CUÁNTO ME ARREPIENTO DE ACEPTAR GRABAR ESE VÍDEO. Y, MÁS QUE POR EL VÍDEO, POR EL DERECHO QUE, GRACIAS A ESTE, CREEN TENER TODOS DE JUZGARME.

PORQUE DUELE... DUELE.

Al llegar a casa me encerré en mi habitación y destruí con mi puño un espejo. Mamá oyó todo, entró y me abrazó hasta que paré de gritar.

No sé qué habló tía Di con ella, pero decidieron que iré a terapia.

Tengo **miedo**. No quiero que me digan qué tanto está mal en mí.

Me aterra que me hagan sentir peor de lo que ya me siento.

Oliver es otro tema que me quita el sueño. No sé qué hacer. Su mamá no fue cruel conmigo, fue honesta. Dijo que él merece más que solo problemas. Mis problemas. Me trató tan bien que no me echó de su casa pese a saber lo del vídeo. Solo quiere que me aleje.

Lucho contra la necesidad de querer quedarme con él o aceptar irme.

¿Oliver me permitiría irme? No lo creo porque siente que debe protegerme. Es tan bueno.

Andrea

Querido Diario,

Por ser fin de semana, Oliver me buscó para que salgamos, pero me negué. No insistió porque cree que se debe al shock por lo sucedido con Derek y en parte es cierto.

TENGO EL CORAZÓN ROTO. MUY ROTO.

Las palabras de la mamá de Oliver dan vueltas en mi cabeza: «Por favor, aléjate de Oliver. Él necesita recuperar su vida lejos de escándalos y problemas.

Sé que eres una buena chica, puedo verlo; pero, por el amor que Oliver te tiene y que tú también dices tenerle, aléjate. Él es un niño. Tú, en cambio... Andrea, cielo, cuídate más, ¿estás de acuerdo? Lo más importante en una mujer es su reputación. Ámate más, cielo».

No paro de llorar.

«Él es un niño», dijo.

Y yo soy... ¿Qué soy?

De saber que todo saldría mal con Sebastián, hubiera esperado a Oliver...

¡Pero no es cosa de esperar o no esperar! Yo quise hacerlo. Nadie mi obligó. Mi debate interno es: ¿Por qué me juzgan?

Sí, pudo ser demasiado pronto, aún no cumplo dieciocho. Sí, pudo ser con la persona equivocada y tomé decisiones todavía más equivocadas, pero en su momento pensé que era lo correcto. Estaba «enamorada».

NO POR ESO SOY ANDREA BITCH.

¿CÓMO?
¿CÓMO?
¿CÓMO?
¿Cómo me alejo de Oliver? ¿Cómo lo alejo de mí? ¿Cómo sin dejar corazones rotos?

Andrea.

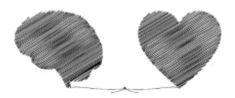

Querido diario,

Karla está molesta porque en el vídeo que utiliza la policía como prueba del acoso de Derek no inculpo a Chris y a Joseline, e insiste en que ella me puede ayudar a obtener alguna otra prueba en contra de ellos.

El problema es que ahora el plan incluye a Sebastián...

Karla propone acercarse a Joseline y juntas «idear algo nuevo en mi contra». Atraerán a Sebastián para que hablemos, la conversación será grabada y posteriormente usada como prueba contra Joseline y Chris.

No lo sé. No quiero ver a Sebastián.

Andrea.

Querido diario,

Lo estuve pensando y creo que ya sé cómo alejar a Oliver. Puedo hacerle creer que volví con Sebastián y de esa forma conseguir que se decepcione de mí. Eso bastará para que me odie.

Andrea.

Querido diario (mismo día... casi 10 minutos después),

NO PUEDO.

Lloro. No puedo hacerle daño a Oliver. ¿Cómo pude si quiera considerar romper su corazón? No es justo para él. No merece ESO.

NO LO MEREZCO.

Si se decepciona de mí, lo lastimaré más de lo necesario.

Debo pensar en otra cosa.

Andrea.

Querido diario,

Le dije que sí a Karla. Más tarde se reunirá con Joseline para hablarle del «nuevo plan». Lo que no sé es si informar o no a Oliver. Él no me permitiría acercarme otra vez a Sebastián.

Andrea.

Querido diario,

El plan de Karla está saliendo bien.

Sebastián vino a mi casa (sí, recorrió una larga distancia para verme). Dijo que se arrepiente y quiere que lo perdone y regrese con él, pero le hablé de Oliver.

No le cayó bien Oliver, OBVIAMENTE.

Como sea, no sé qué hacer...

En nuestro siguiente encuentro debo hacerlo admitir que difundió el vídeo y otras cosas que insinuó haber hecho. Quiero acabar con esto ya. YA.

Andrea.

Querido diario,

Sebastián vendrá hoy y Karla y yo preparamos un guión. Estas son las preguntas que debo hacerle:

«¿Por qué nunca borraste el video?»

«¿Por qué lo publicaste cuando terminamos?»

Él debe aceptar que es culpable.

«¿Después de publicarlo lo estuviste divulgando?»

«¿Has obtenido dinero con el vídeo?»

«Necesito que me digas si Joseline fue y si aún es tu cómplice.

¿Conoces a Chris?»

Las preguntas no deben ser literales, las debo mezclar con promesas de necesitar sinceridad para perdonarlo.

Por lo demás, mamá regresa hoy a casa, le diré que no soporto la presión por lo de Derek y que necesito mudarme otra vez.

EN VERDAD NO PUEDO MÁS.

Andrea.

Querido diario,

Karla tenía razón. Tal como supuso, Joseline le advirtió a Oliver que Sebastián vendría a las cinco de la tarde, por lo que fue astuto adelantar dos horas mi reunión con él.

Consecuentemente, hoy terminé con Oliver...

Cuando se marchó corrí a mi habitación a encerrarme.

No puedo parar de llorar.

Andrea.

Querido Diario,

De la «conversación» (interrogatorio) con Sebastián, tengo como logro descubrir que cuando éramos novios se hizo amigo de un tipo de nombre Sein, fue él quien lo convenció de grabarme (lo que de todos modos no disculpa a Sebastián) y posteriormente difundir el vídeo. Resulta que este tipo hizo del Porn Revenge un negocio. Sebastián literalmente me dijo «Si vuelves conmigo, le puedo pagar para quite tu vídeo de la red». ¿Puedes creer que me lo ofreció como un favor? UN FAVOR, y agregó «Es que a Sein conviene tenerlo más de amigo que como enemigo».

PÚDRETE EN EL INFIERNO, SEBASTIÁN!!!

Andrea (MUY molesta).

Querido Diario (Ahora MUY triste),

MURIÓ LA SEÑORA PRATT.

Un ángel regresó al cielo. Porque eso es ella; UN ÁNGEL.
GRACIAS POR TODO, SEÑORA PRATT.

Lista de personas que no me odian (actualización):

Mamá.
La abuela.
Tía Su.
Tía Di.
~~La señora Pratt.~~
Aaron.
Brandon.
Isaac.
Oliver.
Karla.

¿Algún día habrá más?

Andrea.

Querido Diario,

Han pasado muchas cosas.

Mamá (encantada de participar y como una de las condiciones para mudarnos) se involucró en el plan para entregar a Sebastián, Chris y Joseline a LA POLICÍA. Ella está a cargo ahora junto con la madre de Karla y Tía Di. Aunque Tía Di no sabe que Joseline es cómplice...

Le dolerá enterarse.

Lo lamento, tía Di.

Por cierto, mamá no lo lamenta. Al ser puesta al tanto, ya no quiere ver a Joseline. Pero si lamenta, en sus propias palabras: «No recolectar pruebas y resolver este problema desde mucho antes, pero por la vía LEGAL». Dijo «No debí descansar hasta ver tras las rejas a Sebastián o A CUALQUIERA que te molestara, Andrea».

GRACIAS, MAMÁ.

Andrea.

Querido diario,

¡IRÉ A UNA FIESTA!

Pero no es lo que crees :(La policía y mamá están a cargo. Es para atraer a Sebastián y a Sein (a quien reconoce como su cómplice) y CAPTURARLOS.

Solo debo actuar «normal» (soy el cebo) y dejar que agentes encubiertos hagan su trabajo.

Andrea.

Querido diario,

No puedo dormir... la «fiesta» es mañana...

NO MIRES OTRA VEZ BUSCANDO A NEMO
NO MIRES OTRA VEZ BUSCANDO A NEMO
NO MIRES OTRA VEZ BUSCANDO A NEMO
NO MIRES OTRA VEZ BUSCANDO A NEMO
NO MIRES OTRA VEZ BUSCANDO A NEMO
NO MIRES OTRA VEZ BUSCANDO A NEMO
NO MIRES OTRA VEZ BUSCANDO A NEMO
NO MIRES OTRA VEZ BUSCANDO A NEMO
NO MIRES OTRA VEZ BUSCANDO A NEMO
NO MIRES OTRA VEZ BUSCANDO A NEMO
NO MIRES OTRA VEZ BUSCANDO A NEMO

NO MIRES OTRA VEZ BUSCANDO A NEMO
NO MIRES OTRA VEZ BUSCANDO A NEMO
NO MIRES OTRA VEZ BUSCANDO A NEMO
NO MIRES OTRA VEZ BUSCANDO A NEMO

NO MIRES OTRA VEZ BUSCANDO A NEMO

Querido Diario:

Todo salió «bien» anoche. Por la sorpresa en la cara de Sebastián al ser capturado, puedo suponer dos cosas:

1. No imaginó que sería capaz de llamar a la policía y entregarlo.

2.No sabía que estaban detrás de su amigo, puesto que, de acuerdo con la policía, Sein se dedicaba a «buscar material y formas de distribución» y, ¿quién más idiota que Sebastián, para creerlo su amigo y ayudarlo? Y arrastró con él a Joseline y a Chris.

Pero eso no fue lo único que pasó anoche...

Una vez que la policía se llevó a Sein y las personas que enviaron se marcharon, me quedé sola en casa. Todo iba bien hasta que escuché el timbre. Caminé hasta la puerta y vi por el ojo de gato que era Chris. No iba a abrir, pero, para <u>convencerme</u>, agregó «Es sobre Oliver».

Por eso abrí.

Como primera bandera roja, advertí que estaba ebrio, pero lo ignoré y pregunté qué pasaba con Oliver. Así, se lanzó sobre mí, me reclamó hablar de él con la policía y forcejeamos en cuanto intentó sobrepasarse.

Lo mantuve a raya lo suficiente hasta abrir de vuelta la puerta y exigirle que se largara, pero entraron en manada al menos diez chicas, Joseline entre ellas.

Me golpearon.

Me escupieron.

Me insultaron y aseguraron que todo empeoraría para mí si no me largaba.

¿Por qué Joseline me odia tanto?

¿Por qué ve en mi a una enemiga?

¿Por qué, y muy a pesar de los castigos de tía Di, insiste en hacer daño?

Le hice saber que su problema no es que yo sea más o «mejor» que ella, sino que es ella quien se siente menos que yo. Eso la enfureció más...

Y por ese motivo, y aunque será doloroso porque afectaré a más miembros de mi familia, decidí entregar más pruebas de su acoso a la policía.

No más.

Cuando se largaron, corrí a casa de Oliver. Esperé paciente a que un abrazo de él uniera de vuelta mis pedazos. Pero no. Él también vino a la fiesta, pero lo eché para protegerlo y eso solo me hizo sentir peor.

Al regresar a casa, hablé con mamá y me advirtió que a partir de ahora, tras decidir acusar formalmente a Joseline y a Chris, recibiré más atención no positiva en la preparatoria (Así llama mamá al acoso).

«¿Estás dispuesta a tolerar eso, Andrea?», preguntó, seria.

Debo tomar una decisión. Irme o quedarme, y elegiré lo que sea mejor para mamá y Oliver. Porque yo no importo. Yo solo empeoro todo.

Andrea.

Querido diario,

LO GOLPEARON POR MI CULPA. POR DEFENDERME.

OLIVER ESTÁ EN EL HOSPITAL POR MI CULPA.

MI CULPA
MI CULPA
MI CULPA
MI CULPA
MI CULPA
MI CULPA
MI CULPA
MI CULPA
MI CULPA
MI CULPA
MI CULPA
MI CULPA
MI CULPA
MI CULPA
MI CULPA
MI CULPA
MI CULPA
MI CULPA
MI CULPA

MI CULPA
MI CULPA
MI CULPA
MI CULPA

Querido diario,

¡Para qué darle vueltas? Los dos sabemos que la mejor decisión es IRME.

... PARECE FÁCIL.

Andrea.

Querido diario,

NO PUEDO DORMIR.
NO PUEDO DORMIR.
NO PUEDO DORMIR.
NO PUEDO DORMIR.
NO PUEDO DORMIR.
NO PUEDO DORMIR.
NO PUEDO DORMIR.
NO PUEDO DORMIR.

PERDÓNAME, OLIVER.

Andrea, con el corazón roto.

Querido diario (última entrada en Ontiva),

A veces me pregunto yo misma, ¿soy cobarde?, ¿huiré?, ¿es de valientes quedarse a enfrentar la situación? Y con «la situación» me refiero al ACOSO.

¿Debería quedarme a averiguar si, tras entregar a Sebastián, Chris y Joseline las humillaciones disminuirán o aumentarán? Y es que no hay garantía.

Andrea.

Querido diario (semanas después),

Ahora vivimos en casa de la abuela en Deya. Durante todo el día escucho sobre planificación de eventos (en particular bodas), y, aunque al principio me deprimía al cuestionar mi propio presente y futuro, conforme avanza el tiempo lo veo más como rodearme de nuevos comienzos.

Oír a embarazadas, estudiantes o parejas de novios tener esperanza e ilusión por el futuro, es chocolate caliente para el alma.

Lo malo es que eso no ayuda <u>al intentar</u> no extrañar a Oliver.

INTENTAR...

¿Algún día lo dejaré de querer? De... AMAR.

Tía Su, hermana de tía Di y de mamá que a veces viene de visita, dice que sí, que los «amores de la adolescencia» son solo eso: parte de la adolescencia, y que, con el tiempo, conoceré a quien amaré con madurez. Aun así, le dije que no veía fácil encontrar a alguien mejor que Oliver y, por cómo le he hablado de él, está de acuerdo.

Me agrada tía Su, es mucho más accesible para hablar que mamá, tía Di o la abuela. Supongo que se trata de 🖤 conectar 🖤. Sin embargo, también me siento cómoda con la abuela. No debí temer sus reacciones y mudarnos aquí mucho antes...

PERO NO HUBIERA CONOCIDO A OLIVER...

Por cierto, ayer tía Su dijo que de ninguna manera soy cobarde por «huir», sino lo contrario, ya que es de valientes no desistir y soporté mucho... innecesariamente, agregó mi psicóloga. Sobre todo, soportar todo sola (por no pedir ayuda). Y también ha usado la palabra RESILIENTE.

Mi psicóloga. Por consejo de la policía de Ontiva y otras personas, mamá la puso como otra condición para mudarnos (yo no quería ir al psicólogo) y me siento agradecida.

Y sí, lo pienso y no soy cobarde, sino que llevo demasiado tiempo siendo valiente, CALLANDO y aguantando. Tengo a mi red de apoyo (también usa mucho ese término): mamá, la abuela y tía Su; y, aunque no las tuviera a ellas (me ha hecho imaginar que realmente estoy sola), debo buscar dentro de mí la fortaleza, ya que el amor y lo bueno que viene con él se cultiva de adentro hacia afuera... de adentro hacia afuera.

Todos los días me digo cosas bonitas, salgo de la rutina y hago cosas que me gustan.

Soy una plantita que debo regar todos los días diciéndome cosas bonitas... y ya no aguantar ni callar. Por eso esta es la última entrada, a partir de ahora, también por consejo de la psicóloga, intentaré hablar más con mamá y tod@s. Y aunque *quizá* no siempre comprendan o sepan cómo ayudar, eso mejorará conforme nuestra comunicación mejore...

Estoy dispuesta a hacerlo y eso es un gran comienzo, ¿no? UN NUEVO COMIENZO.

A lo mejor ayuda platicar comiendo cheetos

Andrea X

182

When I find myself in times of trouble, Mother
Mary comes to me
Speaking words of wisdom, let it be
And in my hour of darkness she is standing
right in front of me
Speaking words of wisdom, let it be
Let it be, let it be, let it be, let it be
Whisper words of wisdom, let it be
And when the broken hearted people living in
the world agree
There will be an answer, let it be
For though they may be parted, there is still a
chance that they will see
There will be an answer, let it be
Let it be, let it be, let it be, let it be
There will be an answer, let it be
Let it be, let it be, let it be, let it be
Whisper words of wisdom, let it be
Let it be, let it be, let it be, let it be
Whisper words of wisdom, let it be, be...

El diario de Andrea es material extra de la novela «La mala reputación de Andrea Evich». Disponible a la venta en Amazon.

Sobre la autora

Tatiana M. Alonzo es una escritora de fantasía y comedia romántica nacida el 18 de febrero de 1988 en Petén (Guatemala), pero que ha vivido la mayor parte de su vida en la ciudad de Amatitlán del mismo país. Estudió Psicología Organizacional y se formó como Capacitadora ambiental; sin embargo, su principal pasión siempre ha sido la escritura. Por ello, aprovechando el auge que tienen en la actualidad las plataformas digitales, se dio a conocer publicando borradores de sus escritos en *Wattpad*, comunidad en la que continúa gozando de excelente aceptación.

Como *fangirl* de todo, su principal objetivo es escribir personajes que enamoran; y también adora las referencias, por lo que en sus historias siempre encontrarás recomendaciones de música, series y películas.

Búscala y síguela en redes sociales como TatianaMAlonzo

Novelas disponibles:

Carolina entre líneas.

Vanesa entre líos

Armando entre faldas

Max & Suhail

La mala reputación de Andrea Evich.

La buena reputación de Oliver Odom

El asistente

La jefa

Crónicas del circo de la muerte

La mariposa enjaulada

En júpiter llueven diamantes

El diario de Skipy